folio cadet ▪ premi

À nos mères

Traduction de Pascale Jusforgues

ISBN : 978-2-07-063109-4
Titre original : *The Wise Doll*
Publié par Andersen Press Ltd., Londres
© Hiawyn Oram, 1997, pour le texte
© Ruth Brown, 1997, pour les illustrations
© Gallimard Jeunesse, 1997, pour la traduction française, 2010, pour la présente édition
Numéro d'édition : 242841
Loi n° 49-956 du 16 juillet 1949 sur les publications destinées à la jeunesse
Premier dépôt légal : février 2010
Dépôt légal : février 2012
Imprimé en France par I.M.E.

La sorcière
aux trois crapauds

Hiawyn Oram • Ruth Brown

GALLIMARD JEUNESSE

1

Il était une fois une sorcière appelée Baba Yaga.

– Vous êtes vraiment laide à faire peur ! lui disaient souvent ses fidèles crapauds.

– Je l'espère bien, répondait alors Baba Yaga. Je suis là pour ça !

Un jour, en regardant dans sa boule de cristal, Baba Yaga vit apparaître trois petites filles : Toute-Douce, Toute-Vilaine et Toute-Méchante.

– Je sais déjà laquelle des trois
viendra bientôt me rendre visite,
dit la sorcière.

Au même moment, Toute-Vilaine et Toute-Méchante décidèrent de chasser Toute-Douce hors de la maison.

– Nous ne voulons pas de toi ici. Va-t'en ! Tu es trop gentille pour jouer avec nous.

– Je sais bien que vous ne m'aimez pas, répondit Toute-Douce. Mais je ne peux pas rester toute seule. Que vais-je devenir ?

– Tu n'as qu'à aller dans la forêt, lui lança Toute-Vilaine.

– C'est ça ! ajouta Toute-Méchante. Va donc voir Baba Yaga et rapporte-nous l'un de ses crapauds parés d'or et de bijoux. Si tu y arrives, nous te laisserons peut-être revenir à la maison.

2

Cette nuit-là, Toute-Douce alla chercher la poupée que sa mère lui avait donnée juste avant de mourir.

– Que vais-je faire ? lui demanda-t-elle. Je n'ai pas envie de rester ici... mais je n'ai pas envie de partir non plus.

– Personne ne peut rester et partir en même temps, répondit la poupée. Aussi, mets-moi dans ta poche et écoute bien les conseils que je te donnerai. Et maintenant, en route !

Toute-Douce partit donc avec sa petite poupée en poche. Du plus profond de la forêt, Baba Yaga la sentit arriver.

Elle fronça son long nez crochu et retroussa son menton pointu, si bien que de profil elle ressemblait à un terrifiant croissant de lune.

Après avoir rassemblé son balai, son chaudron et ses trois crapauds, elle ordonna à sa cabane de déplier ses longues pattes de poulet, et toute la maisonnée partit à la rencontre de la fillette.

Quand Toute-Douce vit la maison s'approcher d'elle en courant et Baba Yaga sortir la tête hors de la cheminée, elle sentit ses jambes trembler.

– Je n'y arriverai jamais, dit-elle, effarée.

– Mais si, tu y arriveras, chuchota la poupée du fond de sa poche. Il suffit d'aller frapper à la porte et tout ira bien.

Toute-Douce alla donc frapper à la porte de la maison.

3

– Que veux-tu ? cria la sorcière.

La fillette resta muette de terreur.

– Bah ! Cela n'a aucune importance, poursuivit Baba Yaga. De toute façon, on n'a rien pour rien. Si tu veux quelque chose, il te faudra travailler pour l'avoir.

Sur ce, la sorcière désigna une montagne de vaisselle sale et une énorme pile de linge à laver.

– Que tout soit fait demain matin, ou bien Chaudron te fera cuire à gros bouillons ! menaça la sorcière.

Aussitôt, Toute-Douce se mit au travail. Elle lava, frotta et repassa toute la nuit.

Mais, quand minuit sonna, elle commença à trembler de peur.

– Je n'y arriverai jamais, dit-elle à la poupée. Je vais finir dans le chaudron, c'est sûr et certain.

– Mais si, tu y arriveras, reprit la poupée du fond de sa poche. Tu pourrais même le faire en dormant. D'ailleurs, va te coucher et tout ira bien.

Toute-Douce alla donc
s'allonger dans un coin
et la poupée fit le travail
à sa place.

4

Le lendemain matin, à son réveil, Baba Yaga n'en crut pas ses yeux mais elle cacha son étonnement. Dans la cour, elle montra du doigt un énorme tas de terre et dit à Toute-Douce :

– Trie pour moi toutes les graines de coquelicot qui se sont mélangées à cette terre. Si tu n'as pas terminé en fin de journée, mes crapauds te croqueront toute crue.

La fillette se mit aussitôt au travail. Mais les heures passèrent et elle commença à trembler en voyant le soleil baisser dans le ciel.

– Je n'y arriverai jamais en un seul jour... ni même en mille, soupira Toute-

Douce. Je vais finir dans le ventre des crapauds, c'est sûr.

– Mais si, tu y arriveras, murmura la poupée du fond de sa poche. Tu pourrais même le faire les yeux fermés et les mains liées. D'ailleurs, repose-toi un instant et tu verras, tout ira bien.

Toute-Douce alla donc s'asseoir à l'ombre, puis elle ferma les yeux et la poupée fit le travail à sa place.

5

Quand Baba Yaga revint de sa promenade en forêt, elle n'en crut pas ses yeux mais elle cacha sa surprise. Elle montra à Toute Douce une montagne de victuailles et lui dit:

– Prépare-nous un magnifique festin! Quand tu auras fini, tu viendras dîner avec moi.

Quand tous les plats furent prêts et que la table fut mise, Toute-Douce s'assit en face de Baba Yaga.

Les yeux de la sorcière brillaient comme des charbons ardents.

– Maintenant, fillette, gronda-t-elle, réponds-moi correctement ou bien je te mangerai en entrée !

Pourquoi es-tu venue chez moi ?

Toute-Douce ouvrit la bouche pour avouer : « Je suis venue chercher l'un de vos crapauds. » Mais elle sentit la poupée s'agiter au fond de sa poche et comprit ce qu'il fallait dire. Et tandis que Baba Yaga l'observait de ses yeux brûlants, Toute-Douce répondit calmement :

– Je suis venue ici pour avoir peur, bien sûr, puisque vous êtes là pour ça !

6

Baba Yaga n'en crut pas ses oreilles mais, cette fois, elle ne chercha pas à cacher sa surprise.

Elle sauta sur la table à pieds joints, puis entraîna balai, chaudron et crapauds dans une folle farandole.

– Voilà la réponse que j'attendais, fillette! Je vois qu'avec toi la sagesse n'attend point le nombre des années. Dis-moi comment tu as fait pour passer toutes ces épreuves avec succès.

– Eh bien... c'est grâce à un cadeau de ma maman, déclara Toute-Douce.

– Ah ah! gloussa la sorcière. Un cadeau en appelle un autre. Tiens!

Et elle lui fit présent d'un de ses trois crapauds.

Il portait une cape brodée de perles fines, un collier de diamants et une longue laisse sertie d'émeraudes.

Toute-Douce rentra donc chez elle avec son précieux cadeau. En la voyant arriver, Toute-Vilaine et Toute-Méchante n'eurent même pas le temps de dire un mot, car le crapaud ouvrit une large gueule et...

Gloup! Gloup! Il n'en fit que deux bouchées. Puis il repartit à grands bonds vers la forêt.

Depuis ce jour-là, Toute-Douce arrêta de se montrer trop bonne – ce qui n'a rien d'étonnant après tout ce qui lui était arrivé. Elle devint donc une petite fille gentille, mais pas trop...

→ je lis tout seul

Pour les jeunes apprentis lecteurs
Niveau 2

n° 6 *Fou de football*
par Colin McNaughton

n° 8 *La belle lisse poire
du prince de Motordu* par Pef

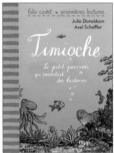

n° 9 *Timioche*
par Julia Donaldson
et Axel Scheffler

n° 10 *La pantoufle écossaise*
par Janine Teisson
et Clément Devaux

n° 13 *Le monstre poilu* par
Henriette Bichonnier et Pef

n° 14 *Fany et son fantôme* par
Martine Delerm

n° 15 *La sorcière aux trois crapauds* par Hiawyn Oram et Ruth Brown

n° 17 *La bicyclette hantée* par Gail Herman et Blanche Sims

n° 18 *Rendez-moi mes poux!* par Pef

n° 19 *La véritable histoire des trois petits cochons* par Erik Blegvad

→ **je commence à lire**

Pour les jeunes apprentis lecteurs
Niveau 1

n° 1 *Armeline Fourchedrue*
par Quentin Blake

n° 2 *Je veux de la lumière!*
par Tony Ross

n° 3 *Le garçon qui criait:
«Au loup!»* par Tony Ross

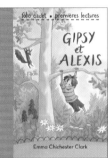

n° 4 *Gipsy et Alexis* par Emma
Chichester Clark

n° 5 *Les Bizardos rêvent
de dinosaures* par Allan
Ahlberg et André Amstutz

n° 11 *Je veux une petite sœur!*
par Tony Ross

n° 12 *C'est trop injuste!*
par Anita Harper
et Susan Hellard

n° 20 *Crapaud*
par Ruth Brown